J.K. 羅琳

怪獸與牠們
的產地

雷藍多　譯

J.K. ROWLING'S
· WIZARDING WORLD ·
WW

J.K. ROWLING

FANTASTIC BEASTS

AND WHERE TO FIND THEM

NEWT SCAMANDER

Obscurus Books

倫敦斜角巷 18 號 A 座

感謝J.K.羅琳創作本書，

且極為慷慨地將版稅全數捐給

Comic Relief基金會與Lumos基金會。

CONTENTS

FOREWORD
by THE AUTHOR

作者序

僅用於「巫師版」

　　二〇〇一年，拙作《怪獸與牠們的產地》初版，以再刷形式販售給麻瓜讀者們。魔法部同意以這次史無前例的出版，替備受尊敬的麻瓜慈善團體Comic Relief基金會募款。我只有在發表免責聲明的情況下，才被允許重新發行此書：向麻瓜讀者保證這是一本虛構作品。阿不思・鄧不利多教授替我寫了一篇序來完成這項聲明，我們都很高興這本書為這個世界上最脆弱無助的人募得了這麼多款項。

　　在魔法部的某些機密文件不再保密後，魔法世界最近多知道了一些關於《怪獸與牠們的產地》的創作歷程。

　　關於蓋勒・葛林戴華德讓魔法世界人心惶惶的二十年間，我究竟有何行動，這我還無法全盤托出。當越來越多的文件不再是機密時，我才比較能公開說出我在我們歷史的黑暗期間所擔任的角色。

　　在此，我只修正幾項近期媒體報導中明顯不正確的地方。

　　麗塔・史譏前陣子出版的傳記《是人還是怪物？

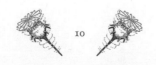

紐特·斯卡曼德的真相》中，提到我從未當過魔法動物學家，而是鄧不利多派來的間諜，將魔法動物學當成「掩護」，企圖在一九二六年滲入美國魔法國會（MACUSA）。

任何經歷過一九二〇年代的人都知道，這是荒謬不實的主張。不可能有臥底巫師會在那段期間偽裝成魔法動物學家。在當時，對魔法怪獸感興趣是被視為危險而且可疑的，現在想想，帶著裝滿這些魔法生物的皮箱到大城市裡，根本就是嚴重的錯誤。

我到美國是為了釋放被走私的雷鳥，有鑑於美國魔法國會下令撲殺一切魔法生物，此舉可說是危險重重。

我必須很自豪地說，在我造訪美國一年後，瑟拉菲娜·皮奎里首長對雷鳥制定了保護令，她最終會讓所有魔法生物都適用這條法令。

（在瑟拉菲娜·皮奎里首長的要求下，我並未在初版的《怪獸與牠們的產地》提及更具重要性的美國魔法生物，因為她希望嚇阻魔法世界的觀光客。當時，美國魔法世界遭受了比歐洲更為嚴重的迫害，也由於我不慎在紐約

嚴重觸犯了國際保密規章，所以我同意了她的要求。而我會在這個新版本把美國怪獸放回原本的位置。）

　　如果要反駁史譏小姐的書裡每項荒唐的主張，得花上我好幾個月。我就只再說一句，我絕非「拋下瑟拉菲娜‧皮奎里，讓她心碎的愛情騙子」，首長說得很清楚，假使我不自行迅速地離開紐約，她將會用激烈的手段把我轟出去。

　　我是第一個逮到蓋勒‧葛林戴華德的人，這是事實；阿不思‧鄧不利多對我而言不僅是學校老師，這也是事實。

　　除此之外我不能多說什麼，我不敢違反「官方魔法秘密法令」，更重要的是，我不願辜負鄧不利多的信任，他是最不願意談及私事的人。

　　《怪獸與牠們的產地》在各種意義上都是一本愛的結晶，在我回頭閱讀這本早年的作品時，我又重新經歷了每一份刻印在書頁上的回憶，即便這些故事對讀者而言渺小無形。

　　我衷心希望下個世代的巫師和女巫能在書頁間找到新的理由，一起愛護這些和我們共享魔法、不可思議的怪獸。

紐特·斯卡曼德

Newt Scamander

編註：針對麻瓜版，常見的胡說八道：「根本就小說嘛——整本都很有趣
　　——沒啥好擔心的——展卷愉快！」

INTRODUCTION

導論

關於本書

　　《怪獸與牠們的產地》是我多年旅行研究下來的心血。遙想當年那個七歲的小巫師，成天在臥房裡花上幾個小時肢解毛菇精，我便對他有朝一日將展開的旅程豔羨不已：從最黑暗的叢林到最明亮的沙漠、從擎天山岳到無底沼澤，當這名全身黏滿毛菇精、邋裡邋遢的小男孩長大之後，他將會跟隨著接下來所介紹的怪獸們，一一探秘。我造訪過五大洲的獸巢、獸穴、獸窩，觀察過一百多個國家魔法怪獸的有趣習性，見識過牠們的威力、取得過牠們的信任、偶爾也用我的旅行用茶壺將牠們擊退。

　　第一版的《怪獸與牠們的產地》，是當初在一九一八年時，秘境圖書的奧古特斯・沃姆先生找我寫的。他問我，有沒有意願為他的出版社寫一本介紹魔法生物的權威性簡冊。當時我還只是個魔法部的小雇員，立刻把握了這千載難逢的機會，既能貼補我那每週兩銀西可的微薄薪水，又能環繞世界度假去找尋新品種的魔法動物。接下來的經過，就都記在出版史上了。

寫這篇導論，主要是因為，本書自一九二七年首次
出版以來，郵差每週都會帶來許許多多讀者所提出的問
題，藉此機會，希望能答覆其中最常被問到的一些問題。
首先要討論的，便是最基本的一個問題——到底什麼是
「怪獸」？

什麼是怪獸？

所謂「怪獸」的定義，幾世紀以來一直爭論不休。
首次接觸魔法動物學的學生，可能會感到很訝異，但若想
將這問題釐清，首先我們得來看看三種魔法生物。

狼人大部分的時候都保持著人形（不管是巫師或麻
瓜都一樣）。然而，牠們每個月都會變形一次，變成兇猛
的四腳怪獸，只知殺戮，不存人性。

人馬的習性與人類完全不同，牠們住在荒郊野外，
不穿衣服。不管是巫師也好，麻瓜也好，人馬都不喜歡跟
他們打交道。但人馬的智力又能與人類匹敵。

山怪外貌跟人類相似，能夠直立走路，可能還學得

會幾句人話，但山怪的智力卻比不上最笨的獨角獸，本身也沒有任何的魔力，只空有一身怪力而已。

於是我們就得思考：這幾種生物裡頭，到底哪些稱得上是「靈性生物」——也就是說，在魔法世界的統治圈中，有資格占有一席之地的——而哪些又是「怪獸」？

早先在決定哪些魔法生物該歸類為「怪獸」時，所使用的手法都極為草率。

布達克‧莫杜，十四世紀的巫師評議會[1]議長，曾經下令，在魔法世界中，任何用兩條腿走路的，就具備「靈性生物」的身分，其他的就都算是「怪獸」。為了表示友好，他召集了所有的「靈性生物」，跟巫師們進行會談，一同討論新的魔法世界律法。但到頭來，他卻極為沮喪地發現，自己根本料錯了。妖精們把所有找得到的雙腿生物都帶來了，將會議廳擠得水洩不通。芭蒂達‧巴沙特在《魔法史》一書中為我們描述了當時的狀況：

屋裡滿是謎蹤鳥的嘎嘎叫聲、報喪鴉的哀鳴，以及彩鳴鳥沒完沒了的穿耳魔歌，把其他的聲音都給蓋過去

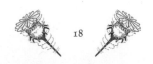

了。巫師、女巫們嘗試著討論擺在面前的文件，但總有一堆綠仙及小仙子繞著他們的頭轉來轉去，嘻嘻哈哈地吵鬧著。十來個山怪掄起棒子，開始拆解房間，而醜老巫婆們則到處跑來跑去，想找小孩子來吃。評議會議長站起身，打算要開始主持會議，卻一腳踩上了醜馬佚的大便，摔了個四腳朝天，氣得他破口大罵，拂袖而去。

　　如同我們所見，光有兩條腿，並不保證該魔法生物就有能力，或有意願，與巫師政府打交道。布達克·莫杜惱羞成怒，宣布從今以後不再嘗試將非巫師的魔法生物整合進巫師評議會。

　　莫杜的繼任者，艾弗麗達·克拉格夫人，試圖重新為「靈性生物」下定義，希望能藉此與其他的魔法生物建立更密切的交流。她宣稱，只要是會說人話的，都算是「靈性生物」。因此，接下來又召開了一次大會，把所有能對評議會議員表情達意的生物都找了來。但是，這回仍

1. 巫師評議會乃是魔法部的前身。

舊出了狀況。那些被妖精們教會幾句人話的山怪們，依舊像前一次一樣，大肆破壞著會議廳。魔貂們則是繞著椅腳飛奔著，人們的腳踝都讓牠們給抓破了。另一方面，大批的幽靈代表（之前莫杜當家時是被禁止與會的，所持的理由是他們並非用雙腿走路，而是用飄的）雖然也出席這場會議，但是隨後便拂袖而去。據他們事後說明，原因是「評議會竟然如此恬不知恥，只注重到活人的利益，卻罔顧死人的意願」。當初在莫杜執政時，人馬是被定義為「怪獸」的，而現在換了克拉格夫人上台，便被定義成了「靈性生物」。但人馬們卻拒絕出席，為的是抗議人魚們被排擠在外。人魚一旦出了水，除了人魚話之外，便無法用任何其他方式交談。

一直到了一八一一年，大家才研究出讓大多數的魔法世界成員滿意的定義。葛洛根・史頓，新上任的魔法部長，宣布了所謂的「任何生物，舉凡其智力足以理解魔法世界律法，並足以使其共同肩負起制定這些律法的責任」，就都算是「靈性生物」[2]。趁著妖精們不在場的時候，眾巫師們質詢了山怪代表，判定牠們根本完全聽不懂

人類提出的問題。因此，即便山怪有兩條腿，仍舊被定為「怪獸」；對於人魚，則透過了翻譯，首度邀請牠們加入「靈性生物」的行列；至於小仙子、綠仙以及地精，雖然說外貌與人相仿，但卻絲毫沒有妥協餘地，被判入了「怪獸」類。

　　當然，天下並未從此太平。我們都很清楚，有部分的偏執分子主張要將麻瓜歸類為「怪獸」。我們也都曉得，人馬當初拒絕了「靈性生物」的身分，要求繼續做牠們的「怪獸」[3]。而狼人，多年來則一直在野獸處與生命處之間被踢來踢去。目前的情況是，生命處當中設有一個「狼人支援服務處」，而「狼人管制處狼人登記處」及「狼人獵捕隊」卻都歸野獸處所管。有許多智力極高的生物，都被分成了「怪獸」，原因是牠們無法克制自己殘

2. 但幽靈們卻有意見，認為將他們與其他「在世」的生物歸類在一起，有欠妥當，因為到底他們已經算是「不在這世上」了。因此史頓做出讓步，創立了沿用至今的分制，將奇獸管控部門分成了三個處：野獸處、生命處以及靈魂處。
3. 人馬不願意跟某些生物一同分享「靈性生物」這個稱號，比方像醜老巫婆跟吸血鬼，並宣稱牠們跟巫師劃清界線，井水不犯河水。一年之後，人魚也提出了同樣的要求。魔法部極不情願地答應了牠們。雖然說在奇獸管控部門的野獸處中，至今仍設立著「人馬聯絡處」，卻從來沒有任何人馬找上門過。如今，「被調派到人馬處」已經成了該部自己人互開的玩笑，表示該員不久將被開除。

暴的天性。蜘蛛精以及人面蠍尾獅都能夠做有深度的談
話，但只要一有人類靠近，就會被牠們吞掉。人面獅身
獸則只會出謎題、謎語，而萬一對方答錯了，牠們便獸
性大發。

在下面所列舉的怪獸當中，舉凡在分類上有爭議
的，我都特別註記了出來。

現在，讓我們來探討，只要談到魔法動物學時，巫
師、女巫們最愛提的一個問題：為什麼麻瓜不會注意到這
些生物呢？

麻瓜對怪獸了解程度之簡史

說起來，可能有不少巫師會感到很驚訝，不過即便
我們多年以來一直致力於防範麻瓜與魔法生物、怪獸的接
觸，麻瓜們對這些動物卻不是一無所知的。從麻瓜中世紀
的文學與藝術中可以看出，其實很多他們當初所想像的魔
法生物，都真的存在。比方像龍、獅身鷹面獸、獨角獸、
鳳凰、人馬──這些以及其他一些魔法生物，都曾在當年

麻瓜的作品中出現過，雖然說他們的描繪往往是跟事實相差了十萬八千里，到了近乎可笑的地步。

　　然而，一旦詳細察看這些麻瓜當時的記述，我們便會發現，其實大多數的魔法生物，麻瓜不是根本就沒注意到，要不就把牠們錯認做其他的動物。請看下面這份手稿的殘存片段，這是由一位來自沃斯特郡，名叫班尼迪的聖方濟教派修士所寫的：

　　今天當我在藥草園裡幹活時，我挖開了一叢羅勒，居然從當中跳出一隻大到嚇人的雪貂。牠並沒像一般的雪貂一樣倉皇逃走，或躲藏起來，反倒往我身上撲過來，將我撞倒在地，怒不可遏地大吼著，「滾一邊去，禿驢！」接著狠狠地在我的鼻子上咬了一口，害我流了好幾個小時的血。我向另一位修士提了這件事，他卻不相信我碰見了一隻會說話的雪貂，問我說是不是跑去偷喝了波尼非斯修士釀的蕪菁酒。到了晚禱時，我的鼻子仍舊腫脹流著血，因此我便提早告退了。

　　顯然我們這位麻瓜朋友挖出的並不是什麼雪貂，而是一隻魔貂，很有可能是在追捕牠最喜歡的獵物，地精。

　　一知半解往往比無知更加危險，而麻瓜對於巫術的恐懼，自然也因為擔憂藥草園裡可能跑出什麼怪東西，而越發嚴重。在這個時期，麻瓜對巫師的迫害，可說是達到了前所未有的鼎盛，情況之所以惡化，與當時爆發了多起飛龍或鷹馬的目擊案件大有關聯。

　　本書並不打算探討當年巫師大逃難之前的那段黑暗時期[4]。在此，我們只對那些珍奇異獸的命運感到有興趣。只要麻瓜一日不相信魔法的存在，那麼這些動物就得一日過著藏頭藏尾的生活，正如同我們巫師一樣。

　　國際巫師聯盟在一六九二年召開了一場著名的高峰會，針對這個議題徹底爭辯了一番。各國的巫師代表齊聚一堂，為了魔法生物這個令人頭疼的問題，討論了有七週之久，有時甚至爭得面紅耳赤。我們究竟有辦法隱藏多少種動物不讓麻瓜發現？又該藏哪些動物？我們要把牠們藏到哪兒去？要如何來藏？吵得滿城風雨，而在這期間，一

部分的魔法生物對這議題漠不關心，絲毫不在乎自己的命運正在被討論；其他魔法生物則加入了辯論[5]。

　　最後終於達成了協議[6]。總共有二十七種魔法生物，大自龍，小至綠黴怪，將受到隱藏，不讓麻瓜發現，好讓他們相信，這些動物根本一直都是想像出來的。到了下個世紀，巫師們對他們的隱藏本領越來越有自信，於是不斷增加隱藏的品種數目。一七五〇年時，國際巫師保密規章又添加了第七十三號條款，而各國的魔法部，一直到了今天，都仍舊遵守著這項協定：

　　各國的魔法政府必須對其境內的魔法怪獸、靈性生物、鬼魂負起隱藏、照料、看管的責任。若是上述任何一種魔法生物對麻瓜造成了傷害，或吸引了麻瓜的注意力，該國的魔法政府均將受到國際巫師聯盟的懲處。

4. 若是有人想徹底了解這段巫術史上的血腥時期，請參閱芭蒂達‧巴沙特所著的《魔法史》（小紅書出版社，一九四七年）。
5. 巫師們說服了人馬、人魚以及妖精派遣代表出席高峰會。
6. 除了妖精以外。

魔法怪獸的隱藏情形

不可否認地，自第七十三號條款頒布以來，難免會發生違規的情形。老一輩的英國讀者應該還記得，一九三二年的伊法寇事件，當時一隻暴戾的威爾士綠龍突然出現，俯衝到了一個海灘上，上頭全是麻瓜在曬太陽。當時多虧了一個在那兒度假的魔法家庭見義勇為，才將後遺症減到最低（之後他們獲頒第一級梅林勳章）。他們當場祭出了本世紀最大規模的記憶咒，施在伊法寇的居民身上，因此才僥倖避過了一場大災難[7]。

某些國家一再地違反第七十三號條款，迫使國際巫師聯盟不斷地予以罰款。西藏以及蘇格蘭是其中最常違反規定的兩個地區。麻瓜目睹雪人的次數已經不勝枚舉，導致國際巫師聯盟認為，有必要在當地山區布下常設性的國際聯合部隊。而在尼斯湖，世界上最大隻的水怪則仍未被捕獲，而且似乎變得極愛出鋒頭。

儘管這些不幸的案例層出不窮，我們巫師仍有資格感到自豪。毫無疑問的，今日絕大多數的麻瓜大都認為，

當年讓他們的祖先感到極度恐懼的那些魔法怪獸，根本是荒誕不經的。就算真的有麻瓜注意到了醜馬伕的大便，或是變色蝸留下的印子——若真有人認為，能將這些動物留下的所有痕跡統統消去，那實在是愚不可及——也會找些牽強的魔法理由來加以解釋[8]。倘若有哪個超愚蠢的麻瓜不智地向另一個麻瓜透露，他見到了一隻鷹馬朝北方飛去，一般都會被當作喝醉或是「瘋癲了」。雖然對這些麻瓜來說，可能有些不公平，但無論如何，這總比被綁在木樁上燒死，或是被扔進村落裡的養鴨池裡淹死來得好。

　　那麼，魔法世界到底是用什麼方法，將怪獸們隱藏起來的呢？

　　很幸運地，某些動物並不需要巫術的協助，就能躲避麻瓜。例如遁形豬、幻影猿以及木精等動物，都有高超的隱身能力或保護色，從來就不需要魔法部替牠們操心。

7. 布來罕・史塔克在一九七二年所出版的《發現真相的麻瓜們》這本書中宣稱，某些伊法寇的居民逃過了當時的集體記憶咒。「直到今天，一位住在南部海岸，名叫『怪得克』的麻瓜，仍舊堅稱著當初有一隻『噁心的飛天大蜥蜴』把他放在沙灘上的氣墊床給刺破了。」

8. 若是想進一步了解麻瓜這項可喜的習性，讀者們可以參考由莫迪克斯・蛋教授所著的《凡夫俗子的哲學：為什麼麻瓜寧願不知道》（塵與霉出版社，一九六三年）。

還有一部分的怪獸，生性極為精明，要不就極為害羞，會不計一切代價主動避開麻瓜——比方像獨角獸、拜月獸，以及人馬。其他的魔法動物則居住在麻瓜到不了的地方——好比蜘蛛精，住在與世隔絕的波尼歐森林裡；像鳳凰，築巢的地點都選在不用魔法就上不了的高山頂端。最後，也是最常見的一些怪獸，憑藉著體型小動作快、或是反應敏捷，蒙混成普通動物來躲過麻瓜的注意——在這一類中，包括了吞魔蟲、旋舞針以及叉尾犬等。

　　儘管如此，還是有許多其他的怪獸，不管有意或無意，都醒目到了連麻瓜都不會錯過，而正是這些怪獸為奇獸管控部門帶來了繁重的工作量。這個魔法部底下的第二大機構[9]，在處理它所照料的這些動物時，是採取對症下藥，不同需求有不同的處理方式。

安全的棲息地

　　在隱藏魔法生物這項工作中，最重要的，大概就是建立一個安全的棲息地了。一般說來，麻瓜驅逐咒是極為

有效的方式，用來防止麻瓜闖入人馬及獨角獸居住的森林，以及人魚專用的湖泊河流區。在比較極端的情況裡，比方像五足獸所居住的地方，整塊區域都得施法變成「抗辨識區」[10]。

這些安全區域當中，有些必須持續地以巫術看管。比方說，龍群保護區。獨角獸跟人魚是巴不得能待在特別為牠們設置的保護區內，永遠不要出來；但龍卻逮著機會就想跑出來，到外頭找獵物。在某些情況之下，麻瓜驅逐咒會派不上用場，因為怪獸本身有能力讓這些咒失效。比方像水怪，牠生存的唯一目的，就是要把人類騙到水底下去；或者像石鬼，也會自己出來找人類下手。

販賣及繁殖管制

麻瓜發現大型或危險的魔法怪獸的可能性已經大幅降低，因為現已明令禁止繁殖這些怪獸或販售其幼仔以及

---

9. 魔法部底下最大的機構是魔法執行部門。其餘的六個部門，多少都敬畏它三分——唯一的例外，可能就只有神秘部門了。
10. 當一塊地被變成抗辨識區後，就沒有辦法把它標上地圖了。

蛋，並立有重罰。奇獸管控部門對於怪獸的買賣一直都保持著嚴密的監控，一九六五年的「實驗繁殖禁令」更已經明確禁止創造新品種的魔法生物。

滅幻咒

民間的巫師們也必須為隱藏魔法怪獸出一分力。比方說，飼養鷹馬的巫師依據法律規定，必須為他的怪獸施「滅幻咒」，以防萬一麻瓜撞見時，能扭曲麻瓜所看見的影像。滅幻咒必須每天施行，因為它的效果很快就會退掉。

記憶咒

當最糟的情況發生，也就是讓麻瓜看見了他們不該看的東西時，記憶咒可能是最有效的彌補措施了。記憶咒可由怪獸的飼主施行，但若是情況極為棘手時，可由魔法部派遣一組受過訓練的「除憶師」前去處理。

誤報局

　　只有碰上了最嚴重的巫麻衝突時，誤報局才會介入。某些魔法災難或意外，實在是明顯到了麻瓜無法以常理解釋的程度，這時便需要外力的介入。在這種情況下，誤報局便會聯絡麻瓜那邊的首相，研討出一個非魔法的合理解釋。當初尼斯湖水怪被拍下照片時，情勢一度極為不妙，多虧了該單位全力以赴，說服了麻瓜們那些相片是假造的，才及時解決了一場可怕的危機。

魔法動物學的重要性

　　奇獸管控部門為了藏匿魔法動物花費極大心血，以上所提到的措施，僅是當中的一小部分。最後要回答的問題，其實答案大家內心都很清楚：不管是整個魔法世界也好，每一個巫師、女巫也好，為什麼大家要花費這麼多的心力來保護與藏匿這些魔法怪獸，何況有些還那麼兇猛不馴。答案當然是：為了要讓未來世世代代的巫師、女巫們，都能像我們一樣，有幸見識到牠們奇特的美與魔力。

　　我希望藉這本書拋磚引玉，希望有更多人致力探索這些魔法怪獸的奧妙。以下為各位介紹的魔法怪獸一共有八十一種，但我相信，很快地新品種又會被發現，到時候《怪獸與牠們的產地》便將能修訂出新版了。最後我只想告訴大家，沒想到居然有這麼多世代的年輕巫師、女巫們，都藉由我的書，而對我所熱愛的這些怪獸有進一步的認知與了解，這實在讓我欣慰不已。

魔法部分級表

　　奇獸管控部門對於所有已知的怪獸、靈性生物以及
鬼魂，都做了分級。大家只要看一眼這些分級記號，便可
以了解該動物的危險程度。下面就是這五個級別：

魔法部（M.O.M.）分級表

XXXXX　　知名的巫師殺手／絕無可能訓練或馴養

XXXX　　　危險／需具備專業知識才能接觸／
　　　　　　高明的巫師可能有辦法對付

XXX　　　　合格的巫師應足以對付

XX　　　　　無害／可以馴養

X　　　　　　乏味

　　下面列舉的怪獸當中，有部分的分級我認為應當特
別解釋，我都予以註記。

AN A-Z OF
FANTASTIC
BEASTS

怪獸A~Z小百科

蜘蛛精
ACROMANTULA
魔法部分級：XXXXX

外表恐怖的八眼蜘蛛，會說人話，產地是波尼歐，住在那裡濃密的森林裡。牠的顯著特徵，包括全身長滿了粗硬的黑毛；腳伸展開來範圍廣達十五呎；牠的螯在亢奮或生氣時會拚命夾動，發出清晰的喀喀聲；此外牠還會吐毒液。蜘蛛精是肉食動物，喜歡捕食大型獵物，牠會在地面上織出圓頂形的蜘蛛網。雌性蜘蛛精的體型比雄性要大，且每次可產下高達一百個蛋。這些蛋既軟又白，跟海灘球差不多大，小蜘蛛於六週到八週之後孵化出來。蜘蛛精的蛋被奇獸管控部門列為「一級禁售品」，這表示進口或販售這些蛋，將被處以重罰。

一般相信，這種怪獸是由巫術配種出來的，可能當初是為了用來守衛巫師住所或寶藏，就跟其他以魔法創造出的怪物理由相同[11]。儘管蜘蛛精的智力與人類相近，卻無法加以馴養，且不無論對巫師或麻瓜來說都非常危險。

謠傳在蘇格蘭某地，已經建立起一個蜘蛛精的殖民地，但並未被證實。

火灰蛇
ASHWINDER
魔法部分級：XXX

當魔法火焰[12]燒了太久沒去處理，就會產生火灰蛇。牠是一條細瘦、灰白的蛇，一對紅眼閃閃發亮。牠會從無人監督的餘燼中升起，溜進屋子的陰暗處，身後留下一道灰燼的痕跡。

火灰蛇的壽命只有一個小時，牠會在那段時間內尋找陰暗隱密處下蛋，之後便化成一堆灰燼。火灰蛇的蛋是豔紅色，會散出高熱。若是不馬上找出來，以適當的咒語凍結的話，它們會在幾分鐘內把整棟屋子燒掉。若是有巫師發現一條或好幾條火灰蛇溜進屋中的話，必須馬上尋著牠們的蹤跡，把那窩蛋給找出來。一旦凍結之後，這些蛋將會是用來製造愛情魔藥的重要配方，而整顆吞下去，則可以治療寒顫。全世界都能找到火灰蛇。

報喪鴉（愛爾蘭鳳凰）

AUGUREY（Irish Phoenix）

魔法部分級：XX

英國及愛爾蘭的原生種，不過偶爾也會在北歐出沒。這種鳥體型瘦小，一副苦命樣，外表有點像隻餓瘦了的小禿鷹，牠是黑綠色的。牠生性極為害羞，通常在刺灌木或荊棘叢築巢，以大型昆蟲以及仙子為食，只有在下大雨時才會飛，否則都會躲在牠那淚珠狀的巢裡。

報喪鴉有著低沉而且令人悸動的獨特哀鳴，在古代曾經被認為是死亡的預報。巫師們在外總是盡量避開報喪鴉的巢，唯恐聽到那撕心裂肺的鳴叫。據記載，不只一名巫師在經過樹叢間時，聽到了不知何方傳來的報喪鴉哀鳴，因而心臟病發[13]。然而，經過巫師們鍥而不捨地調查，終於證明了，報喪鴉的鳴叫只是表示要下雨了而

---

11. 會說人話的怪物，很少是自己學會的，魔貂是個例外。實驗繁殖禁令是到了本世紀才頒布的，而首次發現蜘蛛精卻遠在一七九四年。
12. 任何添加了魔法物質的火都算，比方像呼嚕粉。
13. 怪胎烏瑞克曾經睡在一間至少養了五十隻報喪鴉的房裡，在某個特別潮濕的冬天，烏瑞克聽見了他的報喪鴉在叫，於是確信自己死了，並且變成了鬼魂。根據編寫他傳記的拉朵弗斯・皮迪曼描述，烏瑞克試圖穿越他家牆壁的下場是「腦震盪近十天」。

已[14]。自此之後，在家裡養一隻報喪鴉預報天氣登時蔚為風行，儘管有些人覺得牠在冬季時接連叫上個好幾個月，實在讓人受不了。報喪鴉的羽毛無法做成羽毛筆，因為墨蘸不上去。

14. 請參閱葛利佛・波克比於所著的《為什麼我聽了報喪鴉叫卻沒死》，小紅書出版社，一八二四年。

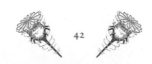

蛇妖（萬蛇之王）
BASILISK（The King of Serpents）
魔法部分級：XXXXX

第一隻有記載的蛇妖是由惡人赫伯所孵育出來的，他是一位希臘的爬說嘴黑巫師。在經過許多次的實驗之後，發現了如果拿蟾蜍來孵雞蛋的話，孵出來的將會是擁有非凡威力的恐怖巨蛇。

蛇妖是色彩鮮豔的綠蛇，可長達十五呎。雄性的頭上長了猩紅色的冠羽。牠的獠牙毒性極強，但牠最可怕的攻擊方式，是用牠那對雙黃色大眼盯住獵物。不管是誰，只要直視那雙眼，絕對當場暴斃。

如果食物來源充足的話（所有哺乳類、鳥類以及大部分的爬蟲類蛇妖都吃），蛇妖可以活到相當高齡，惡人赫伯的那隻蛇妖就被認為活了將近有九百年。

自中古世紀起，當局便禁止孵育蛇妖，但如果有心要做卻十分容易，只要在奇獸管控部門前來察看時，將

雞蛋從蟾蜍底下抽走就行了。無論如何，由於蛇妖只受
爬說嘴控制，因此牠的危險程度對黑巫師來說跟對其他
人來說是一樣的，而且英國已將近有四百年沒出現目睹
蛇妖的紀錄了。

旋舞針
BILLYWIG
魔法部分級：XXX

　　澳洲原生的一種昆蟲。身長大約半吋，雖然外表是鮮豔的藍寶石色，但由於牠速度極快，因此很少被麻瓜察覺，甚至連巫師也經常等到被螫了才發現。旋舞針的翅膀長在頭頂上，會快速旋轉，因此當牠飛起來時，整個身子會不停打轉。牠身子的尾端是一根細長的刺，若是被旋舞針螫了，會頭暈眼花，接著整個人都會飄浮起來。許多世代以來，澳洲的年輕女巫、巫師們都喜歡跑去抓旋舞針，故意激怒牠們來螫自己，以享受這種副作用。但若是被螫得過量，患者可能會失去控制，飄在半空中好幾天，若是起了嚴重的過敏反應，更有可能會永遠飄浮著。曬乾的旋舞針常被拿來做成各種魔藥的材料，一般相信，市面上極為暢銷的一種甜食嘶嘶咻咻蜂，裡頭也含有旋舞針的成分。

木精
BOWTRUCKLE
魔法部分級：XX

　　一種守護樹木的動物，主要出沒在英格蘭西部、德國南部，以及斯堪地那維亞的特定森林裡。人們很難發現牠，因為牠太不起眼了，體型小不說（最高不超過八吋），全身又是由樹皮與樹枝構成的，眼睛也只是小小褐色的兩顆。

　　木精以昆蟲為食，生性平和，極為害羞。然而，若是牠所居住的樹木遭受威脅，據了解，牠會對那些打算破壞牠家園的人出擊，撲到那些伐木工人或是樹木醫生的身上，用牠那又長又尖的手指，把對方的眼睛挖出來。若是有女巫、巫師想要鋸木頭做魔杖的話，抓些牠喜歡的樹蝨來，就可以把木精打發掉了。

綠黴怪
BUNDIMUN
魔法部分級：XXX

　　遍布全世界，牠們懂得爬到地板底下，或是踢腳板的後頭，到最後就布滿整間屋子。綠黴怪所到之處，通常會發出一股腐敗的臭味。綠黴怪會分泌出一種毒液，將牠居住的那棟屋子地基整個腐蝕掉。

　　綠黴怪靜止不動時，牠看起來就像一攤長眼睛的綠色黴菌，但若遭受驚嚇，便會立刻動起牠那許多隻細長小腳逃逸無蹤。綠黴怪吃灰塵為生。房子若是長滿綠黴怪，可以用沖刷咒來清除，但若是讓牠們長得太大了，就必須盡快請奇獸管控部門（有害動物分處）來處理，以免房子倒塌。稀釋過的綠黴怪毒液可以用來調配一些魔法清潔液。

人馬
CENTAUR
魔法部分級：XXXX[15]

有人類的頭顱、軀幹及手臂，下頭則連著馬身，馬身的顏色各不相同。牠們極為聰明並能以語言交談，其實不該被當成怪獸，但由於牠們主動要求，魔法部才如此歸類（參照導論）。

人馬居住於森林，一般認為，牠們的起源地是在希臘，不過現在歐洲許多地方都有人馬的蹤跡。凡是牠們出沒的國家，該國魔法當局都特別規劃了保留區，確保牠們在保留區內不會被麻瓜騷擾。然而牠們卻不怎麼需要巫師的保護，因為牠們自有一套躲避人類的方式。

人馬的習性至今仍是個謎，牠們不僅不信任麻瓜，連對於巫師也同樣沒有好感，似乎兩者對牠們來說沒什麼分別。牠們是群體動物，一群十至五十匹不等。牠們素來精通魔法治療、占卜、射箭以及星象學。

---

15. 人馬被分為第四級，並不是因為牠具威脅性，而是出於對牠的尊重。人魚與獨角獸的分級也是一樣。

獅面龍尾羊
CHIMAERA
魔法部分級：XXXXX

希臘一種極為罕見的怪物，長著獅頭、羊身、龍

尾。牠們殘暴嗜血，非常危險。自古以來只有一件成功誅

殺的案例，但是那位不幸的巫師隨後便因為力竭，而從他的天馬（參照第128頁）坐騎上摔了下來，當場斃命。獅面龍尾羊的蛋被歸類為一級禁售品。

吞魔蟲
CHIZPURFLE
魔法部分級：XX

　　很小的寄生蟲，最高不超過二十分之一吋，外表長得像螃蟹，有著巨大獠牙。牠們會被魔法吸引，寄生在叉尾犬、報喪鴉這類的動物的毛皮或羽毛中。牠們也會進到巫師家中，找魔法物品下手，比方像魔杖。牠們會不斷地啃蝕，一直深入到當中的魔法核心。或者牠們會跑到沒清乾淨的大釜裡，盡情享用任何殘留的魔藥[16]。雖然說市面上有好幾種專利魔藥都能輕易撲殺吞魔蟲，但情況嚴重時，仍需請奇獸管控部門的「有害動物分處」前來處理，因為若是吞魔蟲吞下了太多魔法物質，將會變得非常難以對付。

猴蛙
CLABBERT
魔法部分級：XX

棲息在樹上，外表像是猴子與青蛙的混合體。牠的起源地是在美國的南部州郡，不過後來便出口到了世界各地。牠的皮膚光滑無毛，呈斑駁的綠色，手掌腳掌都長蹼，手腳既長且靈巧，因此猴蛙能像長臂猿一樣，靈活地在樹叢間擺盪。牠頭上長著短角，嘴闊彷彿在咧嘴笑著，一口牙尖銳鋒利。猴蛙主要以小蜥蝪及小鳥為食。

猴蛙最明顯的特徵，就是牠額頭中央的大膿皰，一感應到危險，就會變成鮮紅色並閃爍著。美國巫師一度曾將猴蛙養在院子裡，以便有麻瓜接近時，能及早警戒，但是國際巫師聯盟後來卻頒布罰款，杜絕了這種風氣。天黑後，樹上若布滿了猴蛙閃閃發亮的膿皰，雖然是不錯的裝飾，卻會引來太多麻瓜詢問為什麼都已經六月了，他們鄰居還讓聖誕樹的燈亮著。

---

16. 若是找不到魔法物品，吞魔蟲就會鑽進電器用品裡大肆破壞（若想更進一步地了解何謂電器用品，請參閱威漢·維格錫所著的《英國麻瓜家居生活與社會風俗》，小紅書出版社，一九八七年）。近來麻瓜有許多新的電器工藝品離奇故障，均為吞魔蟲肆虐所害。

叉尾犬
CRUP
魔法部分級：XXX

　　起源地是英格蘭的東南部。牠的外表與傑克羅素獵犬極為相似，只除了尾巴是分叉的。叉尾犬幾乎可以確定是以巫術創造出的狗，因為牠對巫師忠心耿耿，對麻瓜卻兇狠無比。牠是個很棒的清道夫，從地精到廢輪胎，幾乎什麼都吃。叉尾犬的執照可以向奇獸管控部門申請，只需要通過一項簡單測試即可，證明申請者有能力在麻瓜居住區控制住叉尾犬。叉尾犬的飼主依法必須在叉尾犬六週至八週大時，用一種無痛的切除咒替牠除去尾巴，以免被麻瓜注意到。

幻影猿
DEMIGUISE
魔法部分級：XXXX

　　產於遠東地區，不過很難發現牠的蹤跡，原因是當牠受到威脅時會隱身，只有懂得如何捕捉牠的巫師才看得見牠。

　　幻影猿是生性平和的草食性動物，外表像是隻高雅的猿猴，長著對憂傷的黑色大眼，通常被牠的長毛覆蓋。牠全身都長著柔順漂亮的銀色長毛，而且毛皮極為貴重，因為牠的毛可以拿來縫製隱形斗篷。

謎蹤鳥
DIRICAWL
魔法部分級：XX

　　產於茅利休斯島。這種鳥體型圓胖、羽毛蓬鬆、不會飛，但牠逃脫困境的本事卻極為著名。牠可以突然消失，只留下幾支羽毛飄在半空中，隨後再從別處出現（鳳凰也有這種能力，參照第104頁）。有意思的是，麻瓜曾

經曉得有謎蹤鳥的存在，只不過他們稱其為「多多鳥」。麻瓜並不曉得牠們有能力任意消失，還以為他們已經把這個物種獵殺殆盡。這似乎有助於麻瓜了解，不應該隨意殺害像他們一樣的普通動物。國際巫師聯盟於是認為，沒有必要讓麻瓜曉得謎蹤鳥其實還存在這世上。

黑妖精（咬人仙）
DOXY（Biting Fairy）
魔法部分級：XXX

常被誤認成小仙子（參照第66頁），卻是兩個完全不同的品種。像仙子一樣，牠也有著極為迷你的人類外形，只不過黑妖精全身長滿了黑色硬毛，手腳各多了一對。黑妖精的翅膀既厚又彎曲，並且閃閃發亮，跟甲蟲很像。黑妖精在北歐及美洲都有出現，偏好寒冷的氣候。牠們一次可以產下高達五百顆蛋，接著便將蛋埋起來，這些蛋孵育的時間大約是兩週到三週。黑妖精有著兩排銳利的毒牙，若是被牠咬了，必須服用解毒劑。

龍
DRAGON
魔法部分級：XXXXX

　　在所有的魔法怪獸當中，最知名的大概就是龍了，而牠也是最難隱藏的幾種怪獸之一。通常雌性的體型比雄性大，性情也比較兇猛，但不論雌雄，都只有功力高超且受過嚴格訓練的巫師才能接近。龍皮、龍血、龍心、龍肝與龍角都具有極強的魔力，但是龍蛋卻屬於一級禁售品。

　　龍共分成十種，雖然有時牠們也會跨種交配，產下罕見的混生種。以下介紹純種的龍：

紐澳彩眼龍
ANTIPODEAN OPALEYE

　　原產於紐西蘭，只是後來因為老家地方不夠大，遷移到了澳洲去。牠住在山谷裡，而非山上，這對龍來說頗不尋常。牠體型中等（約兩、三噸重）。在所有的龍當中，牠可能是最漂亮的，有著珍珠色的鱗片，會隨著光線閃出彩色光暈。眼睛則是五彩閃爍，沒有瞳仁，而這也是

牠命名的由來。牠噴的火是極為豔麗的鮮紅，不過就龍的標準來說，牠不算非常兇猛，除非是餓了，否則不輕易開殺戒。牠最喜歡的食物是綿羊，不過也曾經攻擊過較大的獵物。七〇年代晚期爆發的袋鼠屠殺事件，經調查證明是一隻雄性彩眼龍所為，原因是被稱霸牠家鄉的一隻母龍給趕了出來。彩眼龍的蛋是淺灰色的，有時會被不知情的麻瓜誤認是化石。

中國火球龍（獅龍）
CHINESE FIREBALL（Liondragon）

唯一出產於東方的龍，牠的外貌極為駭人，光滑的鱗片是猩紅色的，鼻子短而扁平，下顎邊長了圈金色硬穗，兩眼暴凸。中國火球龍這個名字取自牠吐火的方式，牠生氣時，會從鼻孔噴出蕈狀的火焰。這種龍約兩到四噸重，雌性體型比雄性大。龍蛋是深紅底帶金點，蛋殼在中國巫術裡極為貴重。中國火球龍性情兇猛，但與其他的龍相比，對同種顯得友善多了，有時甚至會同意與高達兩隻的同種龍共享勢力範圍。牠們大部分的哺乳類都吃，不過最喜歡的還是豬跟人類。

威爾士綠龍
COMMON WELSH GREEN

色澤如同其家鄉蒼翠的草地，不過牠通常築巢於較高的山區中特別設置的保留區。儘管發生過伊法寇事件（參照導論），這個品種仍舊算是較少惹麻煩的龍。牠跟彩眼龍一樣喜歡獵食綿羊，並且會主動避開人類，除非牠被激怒了。威爾士綠龍的吼聲出奇地悅耳，極容易辨認。牠噴的火是一絲絲的細焰，蛋是泥褐底帶綠斑。

布里底黑龍
HEBRIDEAN BLACK

是英國原生的另一種龍，比牠的威爾士兄弟兇猛許多。每一隻龍都需要高達一百平方哩的勢力範圍。牠的體型長達三十呎，鱗片粗硬，眼睛是亮紫色，背上長著一排雖薄但極銳利的骨板。牠的尾巴底端長著個箭矢形的硬塊，有著蝙蝠狀的翅膀。布里底黑龍主要以鹿為食，但有時也會抓大型犬，甚至牲畜。麥克法斯提巫師家族數百年來均居於布里底群島，照料當地這群龍的工作一向由他們負責。

匈牙利角尾龍
HUNGARIAN HORNTAIL

可能是所有的龍當中，最危險的一種。牠的鱗片是黑色的，外表跟蜥蜴相似。牠有著黃色眼睛、頭上的角是古銅色的，而長尾上突出的一排尖角也是類似的顏色。匈牙利角尾龍有著數一數二的噴火範圍（遠及五十呎）。牠的蛋是水泥色的，蛋殼特別硬。幼龍孵化時，是以尾巴將蛋敲破後再爬出來的。牠們尾巴上的那排尖角，出生時就長好了。牠們除了獵食山羊、綿羊之外，只要逮著機會，就會抓人來吃。

挪威脊背龍
NORWEGIAN RIDGEBACK

大部分的特徵都與匈牙利角尾龍相似，只是牠的尾巴沒有角，而是背上長著一排非常搶眼的深黑色骨板。由於牠對同類出奇地兇猛，脊背龍是當今最稀有的幾種龍之一。牠除了會攻擊大部分的大型陸地哺乳類外，還會獵捕水生動物，這在龍來說極為少見。據未經證實的報導指出，一八○二年時，曾有隻脊背龍在挪威沿海地區獵走一

隻幼鯨。脊背龍的蛋是黑色的,幼龍要比其他種的龍更早
開始噴火(約一到三個月大時)。

秘魯毒牙龍
PERUVIAN VIPERTOOTH

這是所有龍當中體型最小、飛行速度也最快的一
種。體長只有十五呎,鱗片光滑,體色紅棕,背上有著一
排排的黑色突起。牠的角很短,獠牙的毒性特別強。毒牙
龍樂於以山羊和牛為食,但尤其喜歡吃人,以至於十九世
紀末期牠們的數量暴增到可怕的程度時,國際巫師聯盟不
得不派遣專人撲殺,以控制數目。

羅馬尼亞長角龍
ROMANIAN LONGHORN

有著墨綠色的鱗片,以及閃閃發亮的金色長角。牠
在噴火烤熟牠的獵物前,總會先用這對角把對方刺穿。牠
的角磨成粉之後是很名貴的藥材。長角龍的家鄉現在已經
成了世界上最重要的龍群保護區,各國的巫師在那裡對著
各種不同的龍做近距離觀察。近年來,由於長角龍的角極

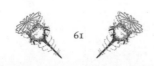

為搶手，導致長角龍的數量暴跌。針對這個現象，魔法世界已推動了一項特別育種計畫，並將長角龍的角列為二級管制商品。

瑞典短吻龍
SWEDISH SHORT-SNOUT

銀藍色的外觀極為亮眼，商人們因此搶著買牠的皮來做防禦手套及盾牌。牠鼻頭噴出來的火焰是藍色的，不管是木材或骨頭，都不消幾秒鐘便化為灰燼。跟其他的龍相較，牠們殺人的紀錄較少，但這並不是因為牠比較仁慈，而是因為牠喜歡住在人煙稀少的荒山野外。

烏克蘭鐵腹龍
UKRAINIAN IRONBELLY

所有龍當中體型最大的，重達六噸。雖然身形臃腫，飛行速度又比不上毒牙龍或長角龍，牠仍然極端危險，能將整棟建築物踩扁。牠的鱗片是鐵灰色，眼睛是深紅色，爪子特別長，殺傷力驚人。自從有隻鐵腹龍於一七九九年在黑海抓走一艘帆船（幸虧上頭沒人）之後，烏克蘭的魔法當局便一直對牠們的行蹤保持密切監控。

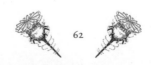

泥怪
DUGBOG
魔法部分級：XXX

　　分布在歐洲及南、北美洲的一種沼澤地生物。靜止不動時，牠看起來不過是一截枯木，但若靠近點觀察，牠便會露出長鰭的爪子以及銳利的牙齒。牠平日在沼澤地滑行，主要以小型哺乳類為食，若是有人類經過，腳踝將會遭受嚴重的抓傷。然而，泥怪最喜歡的食物，卻是魔蘋果。魔蘋果的種植者常常在挖出他們辛苦耕種的作物時赫然發現，莖葉下只剩血肉模糊的一團，因為它們早就被泥怪給盯上了。

食童怪
ERKLING
魔法部分級：XXXX

　　一種貌似小矮人的生物，產於德國黑森林。牠體型比地精大（一般是三呎高），尖嘴猴腮，叫聲尖銳，特別吸引兒童。而牠就利用這種手法，將小孩從大人身旁騙開，把他們吃掉。然而，多虧了德國魔法部的嚴密監控，過去幾世

紀以來，食童怪的殺戮案件已急遽減少。在已知的食童怪
攻擊事件當中，最近的一次是對一名六歲小巫師布魯諾·
史密特的攻擊，結果死的卻是食童怪。當時史密特小朋友
抄起他父親的可拆式大斧，狠狠地敲了牠的腦袋。

爆角怪
ERUMPENT
魔法部分級：XXXX

　　一種大型的灰色非洲怪獸，威力驚人。可重達一
噸，遠看時可能會被錯認為犀牛。牠的厚皮能抵擋大部分
的法術跟咒語，鼻子上長了一隻又大又利的角，尾巴則像
條細長的繩索。爆角怪每胎只產一隻。除非被逼急了，爆
角怪通常不會主動攻擊，但要是真把牠給惹毛了，後果可
就不堪設想了。牠的角不只能刺傷血肉之軀，連金屬都能
刺穿，而角上還帶有一種致命的液體。任何東西被注入這
液體之後，都會爆炸。爆角怪的數量不多，原因是雄性常
會在求偶季節將彼此炸死。非洲巫師們總是很小心地對待
牠們。爆角怪的角、尾巴以及爆炸液都可做為藥材，不過
卻被列為二級管制商品（表示具危險性，需嚴格管制）。

小仙子
FAIRY
魔法部分級：XX

一種體型極小、智力低[17]，可用來裝飾的怪獸。巫師們常會把牠們召來用於裝飾，牠們通常住在森林或是林間的空地裡。小仙子的身高自一吋到五吋不等，有著迷你的人形身軀、頭顱以及四肢，但背上卻長著像昆蟲一樣的大翅膀，翅膀依據種類可為透明的或是彩色的。

小仙子的魔力極弱，可用來擊退獵捕者，比方像報喪鴉。牠們非常愛爭吵，但由於極為自戀，只要碰上需要牠們點綴裝飾的場合，都會非常聽話。雖說外貌與人類相似，牠們卻不會說話。牠們是以高音調的嗡嗡聲與同伴溝通。

小仙子每次可以在樹葉的背面產下高達五十顆卵，這些卵會孵出顏色鮮豔的幼蟲。到了六到十天大時，幼蟲會結繭。一個月之後破繭而出，成為翅膀發育完全的小仙子。

火螃蟹
FIRE CRAB
魔法部分級：XXX

雖然名叫螃蟹，火螃蟹卻長得像隻背殼上鑲有許多寶石的大烏龜。牠原生於斐濟，當地特別圍了一段海岸做為牠的保護區，不只是怕會有麻瓜受到牠那貴重甲殼的誘惑，前來下手，還防範一些不肖的巫師，這些人喜歡用牠的甲殼來做名貴的大釜。然而，火螃蟹並非毫無反擊能力：受到攻擊時，牠會從身體尾端噴出火焰。有商人們將牠們當作寵物賣，但是需要有特別的執照才能擁有牠。

黏巴蟲
FLOBBERWORM
魔法部分級：X

住在陰濕的溝渠內。牠是一種肥大的棕色蠕蟲，身體長達十吋，動作十分遲鈍。黏巴蟲並沒有頭尾之分，兩

---

17. 麻瓜對小仙子很有好感，常在寫給孩子的童話故事中提到牠們。這些「小仙子的傳說」包含一群長著翅膀的高等生物，具有人性，還能夠說人話（雖然這些故事實在噁心得讓人受不了）。在麻瓜眼中，小仙子是住在用花瓣、挖空了的野薯，或是類似材質所搭建的屋子裡。牠們通常會被描述成手持魔杖。在所有的魔法怪獸中，小仙子可能是最受到麻瓜青睞的。

端都會分泌出一種黏液，這也是牠名字的由來，而這些黏液有時會用來勾芡魔藥。牠們最喜歡吃萵苣，不過其他各種蔬菜牠幾乎也都吃。

彩鳴鳥
FWOOPER
魔法部分級：XXX

　　非洲所產的鳥，有著極為鮮豔的羽毛，有橘色、粉紅色、萊姆綠，以及黃色四種。牠們一向提供人們奇豔的羽毛筆，產的蛋也有著非常漂亮的花紋。雖然彩鳴鳥唱的歌乍聽之下很悅耳，但聽久了卻會讓人瘋掉[18]，因此彩鳴鳥在出售時都已施了靜默咒，而買回家後，每個月都得再重施一次。彩鳴鳥需要有執照才能養，因為牠的主人有責任處理牠的叫聲。

---

18. 怪胎鳥瑞克有一次曾嘗試要證明，彩鳴鳥的歌其實對人是有益身心的，於是便連續聽彩鳴鳥唱了三個月。不幸的是，巫師評議會並未採信他的報告，因為當他抵達會場時，除了頭上一頂假髮外，全身根本是赤裸的。而近看之下，更發現那並不是什麼假髮，而是一隻死獾。

惡鬼
GHOUL
魔法部分級：XX

　　雖然長得醜，卻不具什麼危險性。牠外表像是個黏呼呼、長著大門牙的食人魔，通常住在巫師家的閣樓或穀倉裡，在那兒找蜘蛛跟蛾來吃。牠會呻吟，偶爾亂摔東西，但基本上頭腦簡單，最多就是對不小心踩到牠身上的人低吼警告一下。奇獸管控部門底下設有一個「惡鬼小隊」，專門在巫師轉讓房子給麻瓜時出面，清除該處的惡鬼。不過在魔法家庭中，牠經常是家人的談話題材，甚至被當作家裡的寵物。

哭蜜蟲
GLUMBUMBLE
魔法部分級：XXX

　　產於北歐，是種灰色、毛茸茸的飛蟲，會分泌一種糖蜜。這種糖蜜會引出人的憂鬱，而若是有人吃了艾利霍茲的葉子而發狂的話，可以用牠做為解藥。這種蟲會侵襲

蜂巢，搞壞蜂蜜。哭蜜蟲都是選擇黑暗隱蔽處築巢，比方像空心樹幹或洞穴。牠們吃蕁麻為生。

地精
GNOME
魔法部分級：XX

在北歐及北美各地極為普遍，是居家院子裡的一種害獸。牠可以長到一呎高，有著個不成比例的大頭，以及皮包骨的堅硬雙腳。若想驅逐地精，只要把牠抓起來，用力甩個幾圈，甩到牠頭昏眼花，再扔出院子便行了。或者也可以養魔貂，不過現在很多巫師都認為，用這種手段驅趕地精實在太殘忍了。

紫角獸
GRAPHORN
魔法部分級：XXXX

產於歐洲的山區。牠體型很大，呈灰紫色，背上長著個肉峰，頭上有一對又長又尖的角，以四趾巨足行走，性情非常兇猛。偶爾我們會看見山怪騎在紫角獸上，不過

後者並不怎麼喜歡被馴養，因此我們反倒比較常見在山怪身上留下一堆紫角獸造成的疤痕。紫角獸的角磨成粉後，是用途極為廣泛的藥材，不過由於取得不易，價格極為高昂。紫角獸的皮比龍皮還要堅韌，可以抵擋大部分的法術。

鷹面獅身獸
GRIFFIN
魔法部分級：XXXX

原產於希臘，前腳跟腦袋都像隻巨大老鷹，而後腳跟身體卻像隻獅子。跟人面獅身獸一樣（參照第118頁），鷹面獅身獸常被巫師雇來看守寶藏。雖然說牠很兇猛，還是有少數功力高強的巫師與牠們結交。鷹面獅身獸吃生肉。

滾帶落
GRINDYLOW
魔法部分級：XX

頭上長角、灰綠色的水中怪物，出沒在英國及愛爾蘭的湖泊，以小魚為食。對巫師或麻瓜都極不友善，不過人魚卻有本事馴服牠們。滾帶落有很長的手指，握力強，但也容易折斷。

幻影鬼
HIDEBEHIND
魔法部分級：XXXX

　　這種生物是偶然誕生的物種，由舊世界的奸商菲尼亞斯·佛萊契進口而來。專做違禁藝術品跟生物交易的佛萊契，原本是要走私幻影猿到新世界，目的是製造隱形斗篷。幻影猿在船上逃脫，跟偷渡的惡鬼繁衍後代。佛萊契的船停靠在碼頭時，牠們的後代逃到麻薩諸塞州的森林，至今仍持續大量生活於這一區。幻影鬼是夜行動物，有隱形能力，見過這種生物的人說牠身材高大、身上長滿銀色的毛，看起來像是骨瘦如柴的熊。幻影鬼喜歡的獵物是人類，魔法動物學家推測應該是菲尼亞斯·佛萊契殘酷對待這種不幸動物的結果。

馬魚
HIPPOCAMPUS
魔法部分級：XXX

　　原產於希臘，頭部及前半身是馬，後半身跟尾巴則是條巨魚。雖然說這種動物通常是在地中海域出沒，

一九四九年時，人魚卻曾在蘇格蘭的海邊捕到一條漂亮的
藍底雜色馬魚，並且馴養了牠。牠們會產下巨大、半透明
的蛋，可以看見裡頭的馬蝌蚪。

鷹馬
HIPPOGRIFF
魔法部分級：XXX

　　原產於歐洲，不過現在已經遍布全世界。牠有著巨
鷹的頭，以及馬的身子。牠可以被馴服，但得由專家出手
才行。當接近一頭鷹馬時，必須持續注視著牠的眼睛，並
鞠躬表示你沒有惡意。若是牠回了禮，就表示可以再靠近
牠一些。

　　牠們喜歡挖昆蟲吃，不過也吃鳥類及小型哺乳類。
到了育種時，會在地面上築窩，產下一個又大又脆弱的
蛋，蛋在二十四小時內就會孵好。鷹馬寶寶在出生一個星
期內便有能力起飛，不過若是要隨同牠的父母做長途旅
行，則必須等上數月才行。

紅眼怪
HODAG
魔法部分級：XXX

　　身上長著角，有著殷紅、閃閃發亮的眼睛與長獠
牙，體型如大型犬。紅眼怪的魔力大都存在於角中，研磨
成粉可以讓人對酒精免疫，還能七天七夜不睡覺。跟鳥形
龍一樣，紅眼怪是產於北美的生物，古怪的外型總引起許
多麻瓜的興趣跟好奇。紅眼怪主要以拜月獸為食，因此很
容易在晚上被吸引來到麻瓜的農場。美國魔法國會的莫魔
誤報局花了不少工夫，成功地讓麻瓜以為看到紅眼怪是場
惡作劇。現在紅眼怪是最成功限制生活在威斯康辛州周圍
保護區的物種。

毛菇精
HORKLUMP
魔法部分級：X

　　來自斯堪地那維亞，不過現在遍布整個北歐。牠外
形像一朵肥厚的粉紅色蘑菇，上頭長了稀疏的黑色細毛。
毛菇精繁殖極快，不用幾天便會覆滿整座花園。牠並不像

植物一樣長根，而是將一條條的細長觸手探入地表，找牠最喜歡的蚯蚓吃。毛菇精是地精最愛吃的東西，除此之外，並不具備什麼顯著的用途。

角蛇
HORNED SERPENT
魔法部分級：XXXXX

全球各地有好幾種，遠東地區捕獲過大型角蛇，而古老的動物預言集則認為這種生物原產於西歐，但當地巫

師為了取得魔藥原料而把這種蛇獵捕至滅絕。目前北美洲仍可見到角蛇最大也最具多樣性的聚落。角蛇最知名也最有價值的，是前額上的寶石，據稱具有隱形與飛行的能力。伊法魔尼魔法與巫術學校的創辦人伊索‧瑟爾（Isolt Sayre）和角蛇有段傳說，據說瑟爾聽得懂蛇的語言，她因此能削下角蛇的角，放在第一根美洲製魔杖的核心。伊法魔尼其中一間學院亦以角蛇命名。

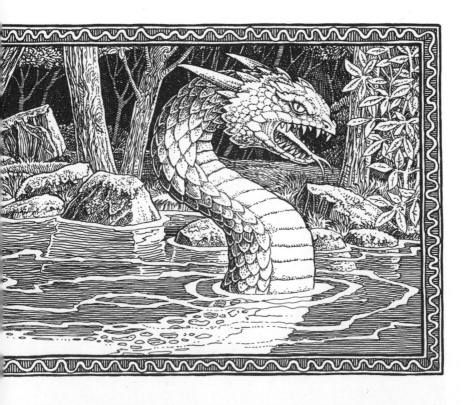

黑地仙
IMP
魔法部分級：XX

只在英國及愛爾蘭出沒。人們有時會將牠跟綠仙搞混，牠們身高相仿（六到八吋），不過黑地仙卻不像綠仙一樣會飛，顏色也沒那麼鮮豔（黑地仙通常是深褐色或黑色）。然而，牠倒是同樣地喜歡胡打亂鬧。黑地仙喜歡待在潮濕的沼澤地帶，通常在河邊出沒。牠們非常喜歡在那兒惡作劇，趁人不注意時，把他推進或絆進河裡。黑地仙以小蟲子為食，孵育習性跟小仙子很像，不過並不結繭。幼獸自破殼而出時便已整個成形，大約一吋高。

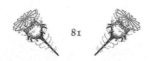

魔貂
JARVEY
魔法部分級：XXX

　　產於英國、愛爾蘭及北美洲。牠在許多方面都像隻發育過盛的雪貂，只不過會講話而已。但魔貂的智力其實並不足以做真正的交談，只會一天到晚叫些簡短（而且通常是很

粗魯）的句子。魔貂主要都住在地底下，在那兒獵捕地精，不過牠們也吃鼴鼠、老鼠與田鼠。

啞鳥
JOBBERKNOLL
魔法部分級：XX

產於北歐與美洲，是一種很小的鳥，羽毛是藍底的，並帶有斑點，平常吃小蟲子。牠一輩子都不會發出任何聲音，一直到臨死之際，才會發出一聲長叫，這一聲是將牠一生當中所聽過的所有聲音，一口氣逆著順序叫出來。啞鳥的羽毛可以用來調配「吐真劑」以及「記憶魔藥」。

河童
KAPPA
魔法部分級：XXXX

日本的一種水中怪物，住在淺的池塘或是河裡。人們經常說牠長得像隻猴子，不過身上覆蓋的不是毛髮，而是鱗片。牠頭部頂端是中空凹陷的，裡頭裝著水。

河童吃人血，不過若是有人將名字刻在黃瓜上，再扔給牠，牠就不會去傷害那個人。若是跟河童對上時，巫師必須想辦法騙牠彎下腰——如此一來，牠腦袋上凹陷處盛的水就會流掉，精力也會隨之流失。

水怪
KELPIE
魔法部分級：XXXX

這種英國及愛爾蘭所產的水中怪物會幻化成許多不同模樣，不過大部分的時候都以馬的樣子出現，馬鬃的部分則是蘆葦。牠會騙人騎上牠的背，然後立刻沉進河底或

是湖底,再將背上的人吃掉,任由內臟漂到水面上。想要對付水怪,必須用「安置咒」在牠頭上套上一具韁繩,這樣牠就會變得乖乖的,不會傷人。

世界上最大的水怪出現在蘇格蘭的尼斯湖。牠最喜歡變成海蟒(參照第115頁)的模樣。當初國際巫師聯盟的觀測者以為尼斯湖真的出了海蟒,便前去偵察,結果發現要對付的其實是水怪,因為當一隊麻瓜探險隊出現時,這條海蟒突然變成了一隻水獺,等到麻瓜離開之後,牠才又變回海蟒的樣子。

魔刺蝟
KNARL
魔法部分級:XXX

產於北歐與美洲,通常會被麻瓜當成普通的刺蝟。這兩個品種確實也不容易分辨,只除了有一個很重要的習性不同:如果說在院子裡留食物給普通刺蝟吃的話,牠會很高興地大快朵頤。而如果是魔刺蝟的話,牠卻會認

為這是屋主設下的圈套，因此把這家院
子裡的花草或裝飾品整個搗毀。許多
麻瓜小孩都因此被責罵，認為是他
們幹的好事，其實真兇都是魔刺蝟。

獅尾貓
KNEAZLE
魔法部分級：XXX

原產於英國，不過現在已遍布全世界。這種動物的
外表跟普通的貓類似，體型很小，毛皮上有著片狀、塊狀
或是點狀的花紋，耳朵極大，尾巴則跟獅子的一樣。獅尾
貓很聰明、生性獨立，有時會變得很兇猛，不過若是牠對
哪個女巫或巫師有好感的話，牠會是隻很棒的
寵物。牠有著不可思議的能力，能夠偵查出壞人
或是可疑的人物，因此若是主人迷路了，可以
倚靠牠帶自己回家。獅尾貓每胎可產八隻小貓，
並且可以跟普通貓混雜交配。要想飼養牠，必須申請執照
（跟叉尾犬、彩鳴鳥一樣），因為獅尾貓的外表太醒目了，
會引來麻瓜的興趣。

矮妖（聚寶精）
LEPRECHAUN（Clauricorn）
魔法部分級：XXX

比小仙子聰明，又不像黑地仙、綠仙或黑妖精那麼壞，不過牠們仍舊很淘氣。牠們只出沒在愛爾蘭，身高六吋，全身綠色。據了解，牠們會用樹葉來做簡單的衣服穿。在所有的「小矮人」當中，矮妖是唯一會講話的，不過牠們從未要求被列為「靈性生物」。矮妖在很年輕時便產子，大部分都住在森林及林地區域，不過牠們很喜歡吸引麻瓜的注意，也因此在麻瓜的兒童文學中分量幾乎跟小仙子一樣重。矮妖會變出一種很像金子的物體，不過只存在幾小時便會消失，而牠們總是覺得這把戲很有意思。矮妖吃樹葉，雖然調皮搗蛋，卻不曾對人類做過什麼嚴重的壞事。

吸魂衣（活壽衣）
LETHIFOLD（Living Shroud）
魔法部分級：XXXXX

　　只在熱帶氣候地區出沒，這對世人來說真是一大幸事。牠外貌酷似一件在黑夜中沿著地面滑行的黑色斗篷，大約有半吋厚（若是剛殺過人，消化完畢之後，還會變得更厚）。目前世上關於吸魂衣的最早記載，是由巫師弗拉維斯・貝比留下來的。他於一七八二年到巴布亞新幾內亞度假時，遭到了吸魂衣的襲擊，幸運地生還。

　　將近凌晨一點，我才終於有了睡意。這時卻突然聽見旁邊有窸窸窣窣的聲音。我心想，那不過是外頭樹葉的摩擦聲罷了。我在床上翻了個身，背對著窗戶，卻看見臥房門底下滑進了一團無形的黑影。我一動也不動，整個人已昏昏欲睡，卻仍勉力思索著，房裡明明只有月光，這黑影到底打哪兒來的？顯然由於我靜止不動，吸魂衣便認為我已入睡，可以輕鬆下手。

　　黑影開始爬上我的床，把我嚇得要死。我可以感覺

89

到牠那輕飄飄的身子壓到了我身上。牠滑上床靠近我，看起來像是件起了波浪的黑斗篷，邊緣還在那兒擺呀擺的。我嚇得動彈不得，感覺到牠碰上了我的下巴，觸感黏濕。我一下子坐直起身。

　　那東西打算把我悶死，硬是蓋上了我的臉，堵死我的嘴巴鼻子，但我仍舊拚死掙扎，一邊感覺到全身已經為牠那股冰冷所包住。在沒辦法出聲呼救的情況下，我到處

摸索著我的魔杖。那東西把我整個臉都包死了，而由於無法呼吸的緣故，我已經開始感到暈眩了。於是我集中心智，使出了「昏擊咒」，接著又——因為那根本無法擊退牠，反倒把我的房門炸了個大洞——使出了「障礙惡咒」，但還是一點用也沒有。我仍舊瘋狂地掙扎著，滾著滾著，摔到了地上，現在已經全身都讓吸魂衣給包住了。

　　我曉得再這樣悶下去，自己遲早會完全失去意識。

於是拚命集中了全身最後一絲力氣,將魔杖伸得遠遠的,指向包住自己的那個怪物,拚命回想著當初我選上地方多多石俱樂部會長的情形,使出了「護法咒」。

我幾乎立刻感覺到新鮮空氣撲到了臉上。我抬起頭,看見那團致命的黑影已經被我的護法咒驅到了半空中。牠從房間當中飛過,一溜煙失去了蹤影。

正如同貝比在最後的高潮中所揭露的,護法咒是唯一已知能夠擊退吸魂衣的咒語。然而,由於牠往往是挑睡夢中的對象下手,被害人很少有機會施任何法來反擊。等到牠的獵物窒息之後,吸魂衣便當場在床上將食物消化掉。當牠離開屋子時,身型變得比原來厚重了些,卻不會在現場留下任何蹤跡,不管是牠自己或是被害者的痕跡都不留[19]。

水筆妖
LOBALUG
魔法部分級：XXX

出沒地是北海底。牠是一種構造簡單的生物，十吋長，有一個極有彈性的噴嘴，以及毒囊。當受到威脅時，水筆妖會收縮牠的毒囊，對攻擊者噴毒。人魚會把水筆妖當武器用，也有巫師抽取牠的毒來調配魔藥，不過這項行為是受到嚴格管制的。

19. 吸魂衣到底害過多少人，根本無從考證，因為牠永遠不會留下任何線索。倒是究竟有多少巫師是為了一己私利，假裝被吸魂衣殺害，反而比較好算。最近的一件案例是在一九七三年，巫師雅納斯・席奇離奇失蹤，只在床邊桌子上留了張潦草的字條，上頭寫著「不好了有吸魂衣包住我不能呼吸了」。看見空蕩蕩的床上一點血跡也沒有，他的妻小於是相信雅納斯確實是已遇害，便開始為他守喪，沒想到卻突然有人發現，雅納斯人就在不到五哩遠的地方，跟綠龍莊的女主人同居著。

霉蝦
MACKLED MALACLAW
魔法部分級：XXX

一種陸生生物，主要出沒於歐洲沿海的石岸地帶。儘管牠外表與龍蝦酷似，卻絕對不能拿來吃，因為牠的肉不適合人類食用，吃了會發高燒，長出難看的綠色疹子。

霉蝦長達十二吋，淺灰色的皮膚上帶有墨綠色的斑點。牠吃小型的甲殼動物，但有時也會嘗試找大一點的獵物下手。被霉蝦咬過的人，會沾上一身霉氣，長達一星期之久。因此，若你被霉蝦咬了，所有的賭注、賭局以及任何帶有風險的活動，統統都要取消掉，因為你穩輸不贏。

人面蠍尾獅
MANTICORE
魔法部分級：XXXXX

一種極為危險的希臘怪物，長著人頭、獅身、蠍尾。牠跟獅面龍尾羊一樣危險，也一樣稀有。牠在吞噬獵

物時，喜歡一邊哼哼唱唱著。人面蠍尾獅的皮能抵擋幾乎所有已知的咒語，而若是被牠刺到了，絕對當場死亡。

人魚（海妖、海精、水妖）
MERPEOPLE（Sirens, Selkies, Merrows）
魔法部分級：XXXX[20]

　　全世界到處都有，牠們的外型幾乎像人類一樣多變。牠們的習性及風俗對我們來說仍是個謎，就跟人馬一樣。不過有些精通人魚話的巫師曾提過，牠們的社會極有組織，群居數目的多寡則要視居住地而定，而有些住的地方甚至建得美輪美奐。就像人馬，人魚當初也推辭了「靈性生物」的頭銜，寧可選擇被歸類成「怪獸」（參照導論）。

　　史上最早記載的人魚是被稱為海妖（在希臘），而麻瓜文學繪畫中時常出現的所謂美人魚，也在較溫暖的海域出沒。蘇格蘭的海精及愛爾蘭的水妖，則沒那麼美麗，不過牠們對音樂的熱愛，則跟所有人魚一樣。

伸縮蜥
MOKE
魔法部分級：XXX

一種銀綠色的蜥蜴，身長十吋，遍布英國及愛爾蘭。牠可以任意縮小，因此從來沒被麻瓜發現過。

伸縮蜥的皮對巫師來說極為貴重，因為可以用來做特別的錢袋、錢包。一旦有陌生人碰到了，這種覆滿鱗片的皮就會收縮起來，就像皮原來的主人一樣。因此伸縮蜥皮錢袋是非常不容易讓竊賊找到的。

拜月獸
MOONCALF
魔法部分級：XX

生性極為害羞的一種動物，只有滿月時，才會跑出牠的窩。牠的身體光滑，呈灰白色，頭頂上長著暴凸的眼睛，四條腿又細又長，扁平的腳掌極為巨大。拜月獸會挑

20. 參照人馬的分級註釋。

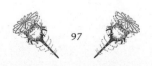

四下無人之地，在月光下用牠的後腿跳一種複雜的舞，一般認為這應該是求偶前的儀式（並且會在麥田裡留下細膩的幾何圖形，讓麻瓜們摸不著頭腦）。

若是有機會看拜月獸在月光下起舞，將會是個迷人的經驗，並且還有利可圖，因為只要在日出之前，把牠們銀色的糞便收集起來，澆到魔法藥草或花床上頭，這些植物就會生長得特別快，而且也會變得格外地堅韌。拜月獸遍布全世界。

海葵鼠
MURTLAP
魔法部分級：XXX

外表像老鼠，分布在英國的海岸地帶。牠背上長了個像海葵一樣的瘤。要是把這瘤摘下吃了，能立刻增加對咒語法術的抵抗力，不過要是吃過量的話，會長出很醜的紫色耳毛。牠們吃甲殼動物，而誰要笨到敢踩牠的話，牠也會張嘴咬那個人的腳。

玻璃獸
NIFFLER
魔法部分級：XXX

　　英國所產的怪獸。牠的毛很蓬鬆，全身漆黑，鼻子很長。牠喜歡挖地洞，對於任何亮晶晶的東西都很著迷。玻璃獸通常被妖精用來挖深埋在地底下的寶藏。雖然說牠們生性溫

和,甚至很有感情,主人的家當卻會被牠破壞光,因此絕
不能養在屋子裡。玻璃獸的窩深達地底下二十呎,每胎產
六到八隻幼獸。

木尾豬
NOGTAIL
魔法部分級:XXX

　　一種精怪,分布範圍橫跨歐洲、俄國以及美洲的農
村地區。牠們的外表像是長不大的小豬,腿很長、尾巴又
短又粗,一對黑眼又細又窄。木尾豬會混進豬圈裡,跟其
他小豬搶母豬的奶吸。越晚發現木尾豬,讓牠長得越大,
農場便會變得越亂。

　　木尾豬的動作出奇地敏捷,很難捉到,不過若是讓
純白色的狗給趕出了農場,牠就再也不會回來。奇獸管控
部門(有害動物分處)也因此養了十幾隻白子獵犬。

毒豹
NUNDU
魔法部分級：XXXXX

　　這種東非的怪獸可說是世界上最危險的動物。牠是一種獵豹，儘管體型巨碩，動作卻非常地輕巧，吐出的毒氣足以毀掉整個村落。要對付牠，少說也得出動上百個功力高強的巫師，通力合作才行。

兩腳蛇
OCCAMY
魔法部分級：XXXX

　　分布在遠東地區以及印度。牠身上覆滿羽毛、有翅膀、兩條腿，以及像蛇一樣的身軀，身長可達十五呎。牠主要獵食老鼠及鳥類，不過也抓過猴子。兩腳蛇對任何接近牠的動物都極為兇猛，尤其是在保護牠的蛋時。兩腳蛇蛋的蛋殼是由最純、最軟的銀構成的。

鳳凰
PHOENIX
魔法部分級：XXXX[21]

　　一種外表華麗、天鵝大小的豔紅色鳥，有著金色的長尾、喙、爪子。牠在高山頂上築巢，出沒於埃及、印度以及中國。鳳凰極為長壽，因為當牠身體開始衰老之時，牠會浴

火重生，而新生後又像隻雛鳥一樣。牠生性極為溫和，從來不殺生，只進食藥草。跟謎蹤鳥一樣（參照第53頁），牠也能任意地消失出現。鳳凰的歌聲具有魔力，能為純潔的心靈增添勇氣，讓帶有邪念的心靈喪膽。鳳凰的眼淚有極強的治療能力。

綠仙
PIXIE
魔法部分級：××××

　　主要分布在英格蘭的康瓦爾郡。牠們的皮膚是電藍色，身高八吋，非常淘氣，喜歡想盡辦法捉弄人、惡作劇。雖然說沒有翅膀，牠卻會飛，並且會趁人不注意時，咬住對方的耳朵把他們提起來，丟到樹木或是屋頂上。牠們會以一種尖聲的嘈雜音調快速互相交談，內容只有牠們自己才聽得懂。牠們在很年輕時就繁衍後代。

21.鳳凰被分為第四級，不是因為牠很兇猛，而是因為很少有巫師能馴服牠。

長腿魚
PLIMPY
魔法部分級：XXX

一種圓球狀的魚，身上有著雜色斑點，最顯著的特徵是牠長了兩隻長腿，掌上有蹼。牠住在湖泊深處，總在湖底尋覓食物，最喜歡吃的是水蝸牛。長腿魚不算特別危險，不過若是有人在湖裡游泳的話，腳跟衣服都會被牠啃食。對人魚來說，牠是種害獸。人魚對付牠的方法是，把牠那有彈性的兩條腿打結。這樣一來，長腿魚就會隨波逐流地漂走，直到牠把腿解開之前都回不來，而這得花上牠們好幾個小時。

石鬼
POGREBIN
魔法部分級：XXX

俄國的一種妖怪，頂多一呎高，身體多毛，卻有個光滑、大到不成比例的灰色腦袋。當牠蹲下時，石鬼看起來就像塊閃亮的大圓石。牠們對人類很著迷，喜歡跟蹤他

們，躲在他們的影子裡，若是影子主人轉過身來，牠們就趕緊蹲下身子。若是被石鬼跟蹤上好幾個小時，這個人會產生一種倦怠感，最後陷入昏昏欲睡的狀態，變得很沮喪。被害者最後會停止步伐並蹲下來，為這一切感到徒勞而啜泣。這時石鬼就會撲上去，試圖將他們吃掉。要驅趕石鬼其實很容易，只要用些簡單的惡咒或昏擊咒就行了。再不然，狠狠地踢牠們一腳也很有效。

醜馬伕
PORLOCK
魔法部分級：XX

一種馬的守護神，出沒在英格蘭的多賽郡以及愛爾蘭南部。牠全身長滿蓬鬆的毛，頭上頂著一大叢亂髮，有個超級大鼻子。牠用雙腿走路，是偶蹄動物。牠的手臂很小，有四根又粗又短的手指。成年醜馬伕大約兩呎高，以草為食。醜馬伕生性害羞，天生就會守護馬兒。牠們會窩在馬槽的稻草堆裡，或是躲在牠所保護的牲口當中。醜馬伕不信任人類，一旦有人出現，牠總會躲得遠遠的。

胖胖球
PUFFSKEIN
魔法部分級：XX

　　遍布全世界。牠外表呈圓球狀，全身長滿蛋糊色的軟毛，生性極為溫順，不在意被人抱起來，或是拋著玩。牠很好照料，當心滿意足時，會發出一種低沉的嗡嗡聲。牠們每隔一陣子便會伸出那又細又長的粉紅舌頭，探遍整座屋子，尋找食物。牠是種腐食動物，從剩菜到蜘蛛，什麼都吃，但是牠最喜歡的還是將舌頭伸進睡夢中巫師的鼻孔，將他們身上的惡靈吸掉。這種習性使得胖胖球受到了世世代代以來魔法世界兒童的寵愛，至今仍是極為普遍的魔法寵物。

五足獸（長毛邁克布恩）
QUINTAPED（Hairy MacBoon）
魔法部分級：XXXXX

極為危險的一種肉食性怪獸，尤其嗜吃人類。牠身子蹲得極低，身體跟五條腿上都長滿紅棕色的粗毛，腳是一團畸形的肉球。五足獸只出沒在蘇格蘭最北端的德列島。也由於這個緣故，德列島也因此變成了「抗辨識區」。

根據傳說，德列島本來住有兩個魔法家族：麥克里佛以及邁克布恩。有天兩家的族長喝醉酒決鬥，結果麥克里佛的族長杜格被邁克布恩的族長五郎殺死了。根據故事的發展，後來一幫麥克里佛家的人趁黑夜包圍了邁克布恩的屋子，用變形術將所有邁克布恩家的人都變成了五隻腳的怪物。麥克里佛家的人後來便發現，變形後的邁克布恩反而比原來更危險，但為時已晚（邁克布恩家的人在巫術方面的表現向來就不怎麼樣）。更糟的是，儘管他們想要將邁克布恩再變回人類，對方卻說什麼也不願意。最後這些怪物誅滅了麥克里佛全族，島上一個人類也不剩。到這

時邁克布恩怪物們才恍然大悟，少了人類在一旁用魔杖施法，牠們再也變不回人類了。

傳說是真是假，不得而知。如今當然已經找不到任何麥克里佛或邁克布恩的後裔，可以告訴我們當初他們祖先的遭遇。五足獸不會講話，儘管奇獸管控部門三番兩次想要抓一隻當實驗品，以便能試著解除牠們身上的變形術，卻屢次遭到頑強的抵抗。因此，假如這些怪物果真如牠們的綽號所稱，是「長毛邁克布恩」的話，我們也只好假定，牠們當怪物當得很快樂，再也不打算當人了。

錨魚
RAMORA
魔法部分級：XX

　　產於印度洋，是一種銀色的魚。牠具有極強的魔力，能夠像錨一樣固定船隻，是海員的守護神。國際巫師聯盟極為重視錨魚，頒布了多條律法，保護牠們不受巫師盜獵者的侵害。

紅軟帽
RED CAP
魔法部分級：XXX

　　長得像矮人，居住在古戰場的洞穴中，或是任何灑過人血的地方。雖然說很容易就能用咒術將牠們驅走，對於落單的麻瓜來說，牠們卻極為危險。牠們會在黑夜裡試圖將這些麻瓜用棒子活活打死。紅軟帽最常於北歐出沒。

金牛
RE'EM
魔法部分級：XXXX

極為罕有，全身長滿金毛，巨碩無比，產於北美以及遠東地區的野外。喝了牠們的血會變得力大無窮，不過由於取得難度過高，市面上幾乎看不到。

三頭蛇
RUNESPOOR
魔法部分級：XXXX

產於非洲布吉納法索這個小國。這種三頭蛇身長可達六到七呎，身體的顏色是暗橘色底帶黑條紋，極為醒目。因此布吉納法索的魔法部特別為了牠們，將幾個森林劃為抗辨識區。三頭蛇雖說生性並不殘暴，卻曾經是黑巫師最愛的寵物，無疑是由於牠搶眼嚇人的外貌。在那些養過三頭蛇、並跟牠們交談過的爬說嘴當中，有部分的人留下記載，世人便因此而得知了三頭蛇的有趣習性。這些紀錄揭露了，三頭蛇的每個頭均各司其職。左邊的頭（以巫師面對牠時的左邊）是策劃者。牠決定整條蛇該上哪去，接下來該做什麼事。中間的頭是夢想者（三頭蛇可以連續

好幾天動也不動，沉醉在絢麗的景象及想像當中）。右邊
的頭則是批評者，會不斷發出惱人的嘶嘶聲，對其他兩個
頭的決定下評判。右頭的獠牙十分毒。三頭蛇很少安享天
年，因為三個頭經常打來打去。我們常看見少了右頭的三
頭蛇，因為左、中兩個頭常聯合起來，把右頭咬掉。

　　三頭蛇是已知唯一從嘴巴產蛋的魔法怪獸。這些蛋
可以用來調製刺激心智活動的魔藥，價格非凡。過去幾個
世紀以來，三頭蛇及蛇蛋的黑市交易一直很熱絡。

火蜥蜴
SALAMANDER
魔法部分級：xxx

　　住在火裡頭的一種小型蜥蜴，靠吃火焰為生。牠平常是豔白色，但會隨著包著牠的火溫度不同，而變成藍色或猩紅色。

　　火蜥蜴若是離開火，只要一直餵牠胡椒，就可以活上六個小時。打牠們自火中蹦出開始，那團火就不能熄滅，一旦熄滅了牠們就活不下去了。火蜥蜴的血用來治病或滋補功效極大。

海蟒
SEA SERPENT
魔法部分級：xxx

　　出沒於大西洋、太平洋以及地中海海域。雖然外貌嚇人，卻從未聽說過海蟒傷人。麻瓜倒是留下許多歇斯底里的紀錄，指控牠們行為兇暴。海蟒乃是馬頭蛇身，身長可達一百呎，每回浮出海面都是一大坨。

刺蝟魚
SHRAKE
魔法部分級：XXX

　　渾身是刺，出沒於大西洋。當初出現刺蝟魚，是
因為在十九世紀早期時，有群麻瓜漁夫對海上一隊巫
師不敬，因此巫師造出這種魚來教訓他們。自那天以
後，只要有麻瓜跑到那塊海域打魚，撈上來的都是被
劃破的漁網，空空如也，而這自然是深海底下的刺蝟
魚幹的好事。

鳥形龍
SNALLYGASTER
魔法部分級：XXXX

　　原產於北美，這種半鳥半爬蟲類的生物過去曾被認
為是一種龍，但現在已知是兩腳蛇的遠親。鳥形龍不會噴
火，不過有鋸齒狀的獠牙能撕裂獵物。鳥形龍經常危及國
際保密規章，牠與生俱來的好奇心，加上可抵擋子彈的
外皮，導致人們很難嚇跑牠。鳥形龍也屢屢獲刊於麻瓜

報紙,可說是和尼斯湖水怪並列為「大眾最感興趣的怪獸」。一九四九年,馬里蘭州制定了專門保護鳥形龍的法令,往後看到鳥形龍的麻瓜一律施以遺忘咒。

金探鳥
SNIDGET
魔法部分級：XXXX[22]

　　一種極為稀少的保育鳥類。牠整個身子都是圓的，鳥喙既細又長，一對紅眼像寶石一樣亮晶晶。牠的飛行速度極快，並且能在高速之下自如地變換方向，這是因為牠翅膀的關節可以迴轉。

　　金探鳥的羽毛及眼睛極為貴重，因此曾一度被巫師獵到瀕臨絕種。幸好魔法部及時正視這個危機，採取一連串措施，才使牠倖存下來。在所有的拯救行動中，最重要的就是修改魁地奇球賽的規定，廢除使用金探鳥，以金探子代替[23]。金探鳥的保育區遍布全世界。

人面獅身獸
SPHINX
魔法部分級：XXXX

　　原產於埃及，有著人類的腦袋以及獅子的身體。一千多年來，女巫及巫師們都用牠來守護貴重品，以及秘

密躲藏處。人面獅身獸智力極高，非常喜歡謎題及謎語。通常只有當人面獅身獸守護的東西受到侵犯時，牠才會獸性大發。

變色蝸
STREELER
魔法部分級：XXX

一種巨型蝸牛，每個小時變色一次，所經之處都會留下一道毒性極強的痕跡，會讓周圍的植物統統枯萎焦亡。變色蝸是好幾個非洲國家的原生種，不過在歐洲、亞洲及美洲都有巫師培育成功。許多人將牠當成寵物，為的是牠那萬花筒般的變色彩殼，而牠的毒液則是少數剋得死毛菇精的物質之一。

22. 金探鳥被分為第四級，並不是因為牠很危險，而是因為，若是捕捉或傷害牠，將會遭到重罰。
23. 若是想更了解金探鳥在魁地奇發展史上扮演的角色，請參閱坎尼渥錫·威斯朋所著的《穿越歷史的魁地奇》（神巫圖書公司，一九五二年）。

遁形豬
TEBO
魔法部分級：XXXX

是一種土灰色的疣豬，產於剛果與薩伊。牠有著隱形的能力，使得要躲牠或捉牠都極不容易，而且非常危險。遁形豬的皮價值不菲，因為巫師們都拿它來做防禦盾牌及衣著。

雷鳥
THUNDERBIRD
魔法部分級：XXXX

產於北美的特殊生物，亞利桑那州是最多雷鳥棲息的地方。成鳥比人類還高，擁有飛翔時創造暴風雨的能力。雷鳥對於超自然的危險極為敏感，已知拿雷鳥的羽毛做魔杖可以先發制人。伊法魔尼魔法與巫術學校的其中一間學院以雷鳥命名。

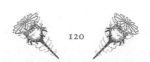

山怪
TROLL

魔法部分級：XXXX

　　一種恐怖的動物，高達十二呎，體重上噸。山怪不僅是以一身怪力及腦袋空空聞名，同時還極為殘暴，喜怒無常。山怪原產於斯堪地那維亞，不過近來也出沒於英國、愛爾蘭以及北歐其他地區。

　　山怪通常只會哼哼唧唧，那似乎是一種粗淺的語言，不過有的山怪仍能了解人話，甚至能說上幾句。山怪當中，也不乏稍微有一點智力的，巫師會挑選牠們來做守衛。

　　山怪總共分三種：山區山怪、林間山怪以及河濱山怪。山區山怪是最大、最兇猛的。牠禿頭，膚色灰白。林間山怪膚色灰綠，有些有長頭髮，髮色為綠或棕色，細緻而蓬亂。河濱山怪長有短角，有些毛很多，膚色為淡紫色，常躲在橋下。山怪吃的是生肉，從不挑食，不管野獸或是人類都吃。

獨角獸
UNICORN
魔法部分級：XXXX[24]

　　一種很漂亮的怪獸，分布在北歐的森林地帶。牠長成之後是純白的馬，頭上有角，不過小馬剛生下來時則是金色的，而在成熟之前會轉成銀色。獨角獸的角、血以及毛都具有極強的魔力[25]。牠通常不喜歡人類摸牠，要的話，也頂多讓女巫接近，巫師則不太容易。此外，牠的腳程極快，非常不好抓。

---

24. 參照人馬的分級註釋。
25. 跟小仙子一樣，獨角獸在麻瓜世界中名聲也極佳——而牠可是實至名歸。

貓豹
WAMPUS CAT
魔法部分級：XXXXX

　　體型跟外觀都有點像山獅或美洲獅，原產於阿帕拉契。貓豹可以用後腳走路，跑的速度比箭還快，黃色的眼睛被認為有催眠跟破心術的力量。印第安切羅基人是研究貓豹最廣泛的族群，不但與貓豹分享生活領域，也是唯一成功拿到貓豹毛放進魔杖核心的人。一八三二年，辛辛那提的巫師艾伯‧崔塔斯（Abel Treetops）宣稱擁有專利，發明了一套馴服貓豹，讓貓豹做為巫師家庭守衛的方法。直到美國魔法國會突襲崔塔斯家，發現他在獅尾貓身上施暴食咒時，才揭穿他的騙局。伊法魔尼魔法與巫術學校的學院之一亦以貓豹命名。

狼人
WEREWOLF
魔法部分級：XXXXX[26]

　　蹤跡遍布全世界，不過一般認為，牠原產於北歐。人只有被咬了才會變成狼人，目前尚無解藥，不過近來魔法製藥學有了突破，已經可以將某些最可怕的症狀減到最輕。每逢滿月，這些原本清醒正常的巫師、麻瓜患者就會搖身一變，成為殺人的怪獸。狼人非常喜歡找人類下手，而不選擇其他的獵物，這在魔法生物中實屬罕見。

天馬
WINGED HORSE
魔法部分級：XX~XXXX

　　世界各地都有。牠們分為許多不同品種，包括威力無比的巨大金馬阿不拉薩（Abraxan），英國與愛爾蘭盛產的栗色馬伊索南（Aethonan），速度特別快的灰馬葛雷尼恩（Granian），以及具有隱形能力、被許多巫師

認為不吉利、極為罕有的黑馬塞斯翹（Thestral）。如
同鷹馬，牠們的飼主也必須定期地對牠施以「滅幻咒」
（參照導論）。

---

26. 這裡的分級當然是指變形後的狼人。當沒有滿月時，狼人就跟任何其他人類一樣
　　無害。讀者若對狼人天人交戰的心路歷程有興趣，請參閱由某位匿名者所寫的經
　　典狼人故事《狼牙赤子心》（神巫圖書公司，一九七五年）。

雪人（大腳、怪雪人）
YETI（Bigfoot, Abominable Snowman）
魔法部分級：XXXX

　　產於西藏，一般相信與山怪有血緣關係，不過至今仍無人能接近牠做檢驗。牠身高達十五呎，從頭到腳都是純白色的毛。只要有動物迷失，跑進牠的勢力範圍，雪人都吃。不過牠怕火，巫師若是功力高強，是有辦法將牠擊退的。

ABOUT THE AUTHOR

關於作者

牛頓（紐特）・阿特米斯・費多・斯卡曼德，生於一八九七年。他對於珍奇怪獸的興趣，是自小由母親所培養出來的。他的母親對於飼養鷹馬極為熱中。離開霍格華茲魔法與巫術學院之後，斯卡曼德先生便到了魔法部的「奇獸管控部門」服務。他先是在「家庭小精靈安置處」待了兩年。據他所說，那是段「乏味至極」的日子。接著他被分發到了「野獸處」，憑藉著他對魔法奇珍異獸的豐富知識，很快地便步步高升。

一九四七年的「狼人管制處」，可以說是他一手推動出來的。但據他所說，他最感到自豪的，卻是一九六五年通過的「實驗繁殖禁令」。拜該令所賜，所有在英國從事的新品種野蠻怪物配造活動，都因此遭到了禁絕。斯卡曼德先生曾與「龍隻研究管制局」多次合作，前往國外進行學術研究。藉由這些旅行，他探訪到了許多資訊，統統收錄在他這本世界暢銷書《怪獸與牠們的產地》當中。

紐特・斯卡曼德也於一九七九年獲頒了「第二級梅林勳章」，以表彰他對魔法怪獸的研究，也就是「魔法

動物學」所做的貢獻。他目前已退
休，與妻子波本蒂娜，以及他
們的獅尾貓：哈皮、米莉和毛
勒，一同居住於多斯特。

COMIC RELIEF UK

　　從二○○一年開始，《穿越歷史的魁地奇》與《怪獸與牠們的產地》已經募得將近兩千萬英鎊的善款——這筆不可思議的金額均已用於努力改善孩子的生活。

　　本書新版的銷售所得，則會投資於全球即將面對未來的孩童與年輕人，讓他們安全、健康、接受教育並能有所為。我們尤其希望幫助在最艱困環境中成長的孩童，這些孩子的生活中充斥著衝突、暴力、忽視或虐待。

　　感謝您的支持。想了解更多Comic Relief基金會的狀況，您可以到官方網站comicrelief.com、追蹤我們的Twitter帳號（@comicrelief），或是在臉書幫我們按讚！

LUMOS

Protecting Children. Providing Solutions.

目前全球有八百萬名兒童住在孤兒院，儘管這群孩子裡，有百分之八十的人並非孤兒。

多數孩子之所以被安置，是因為他們的父母貧困，無法為他們提供適切的環境。雖然許多安置機構的立意良好，但經過八十多年的研究證實，長期住在安置機構，對兒童的健康與發展有礙，且增加他們受虐、買賣毒品的可能，嚴重降低他們擁有健康快樂未來的機會。

簡而言之，孩子需要的是家庭，而不是孤兒院。

由J.K.羅琳成立的公益團體Lumos基金會，其命名源自《哈利波特》中替最陰暗之處帶來光明的咒語，這正是我們在Lumos基金會做的事情。我們找出深藏於安置機構的孩子，改變全球的照護系統，讓這些孩子擁有他們所需的家庭與應得的未來。

感謝您購買本書，假如您想加入J.K.羅琳和Lumos基金會的行動，成為我們致力於改變的全球活動的一分子，您可以透過官網wearelumos.org、Twitter帳號（@lumos）或是Facebook獲知如何參與。

國家圖書館出版品預行編目資料

怪獸與牠們的產地/J.K.羅琳；雷藍多譯. -- 二版. --
臺北市：皇冠, 2017.08
　面；公分. --（皇冠叢書；第4629種）(CHOICE;305)
譯自：FANTASTIC BEASTS & WHERE TO FIND
THEM

ISBN 978-957-33-3314-2（平裝）

873.57　　　　　　　　　　　106010396

皇冠叢書第4629種
CHOICE 305

怪獸與牠們的產地
FANTASTIC BEASTS & WHERE TO FIND THEM

作　者—J.K.羅琳
譯　者—雷藍多
發 行 人—平　雲
出版發行—皇冠文化出版有限公司
　　　　　台北市敦化北路120巷50號
　　　　　電話◎02-27168888
　　　　　郵撥帳號◎15261516號
　　　　　皇冠出版社(香港)有限公司
　　　　　香港銅鑼灣道180號百樂商業中心
　　　　　19字樓1903室
　　　　　電話◎2529-1778　傳真◎2527-0904
總 編 輯—許婷婷
著作完成日期—2007・2008年
二版一刷日期—2017年08月
二版十一刷日期—2023年10月
法律顧問—王惠光律師
有著作權・翻印必究
如有破損或裝訂錯誤，請寄回本社更換
讀者服務傳真專線◎02-27150507
電腦編號◎375305
ISBN◎ 978-957-33-3314-2
Printed in Taiwan
本書定價◎新台幣220元/港幣73元

●皇冠讀樂網：www.crown.com.tw
●皇冠Facebook：www.facebook.com/crownbook
●皇冠Instagram：www.instagram.com/crownbook1954
●皇冠蝦皮商城：shopee.tw/crown_tw